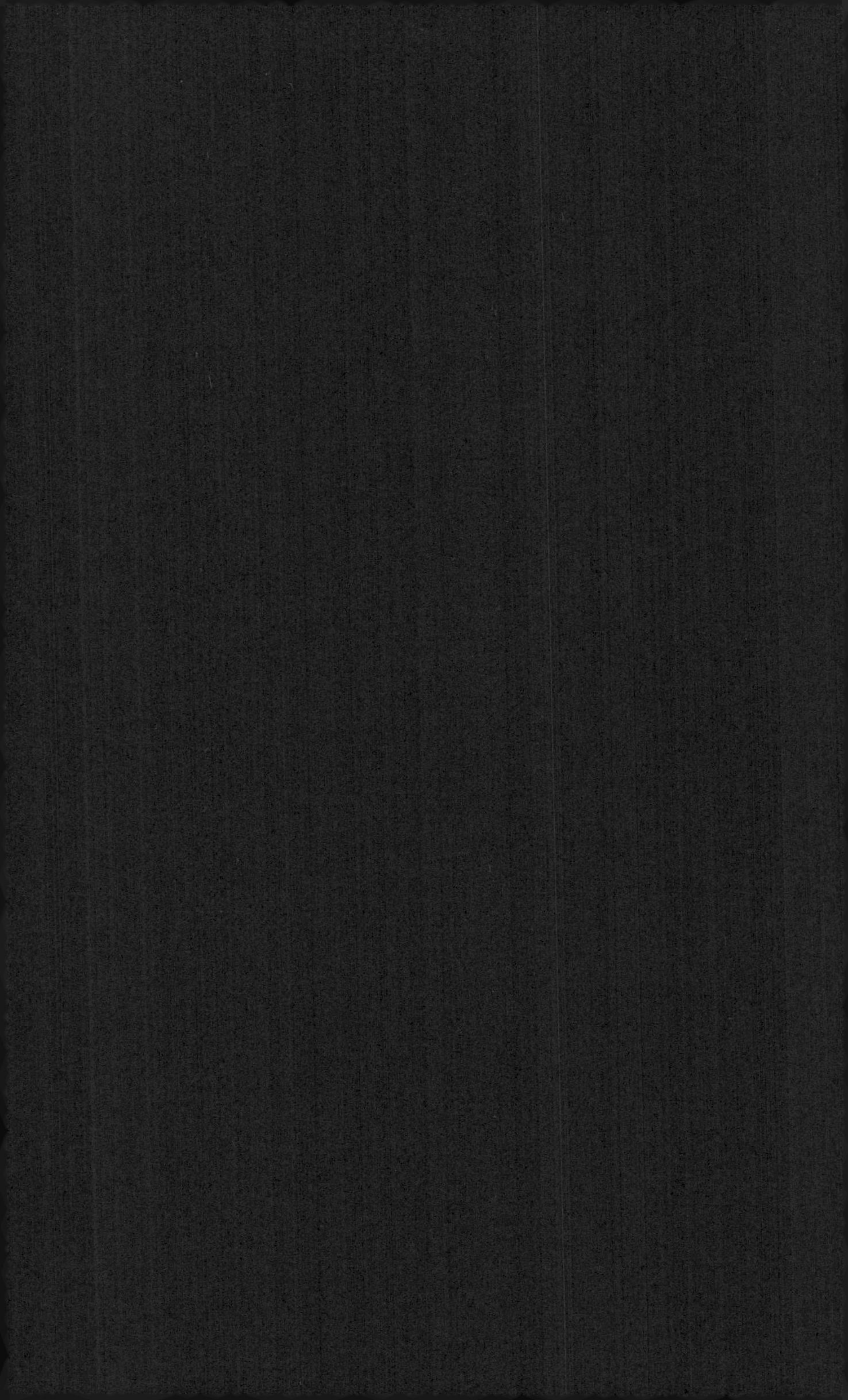

들꽃은 바람을 타고

들꽃은 바람을 타고

들꽃은 바람을 타고

초판 1쇄 인쇄일_2007년 10월 30일
초판 1쇄 발행일_2007년 11월 5일

지은이_이구남
펴낸이_최길주

펴낸곳_도서출판 BG북갤러리
등록일자_2003년 11월 5일(제318-2003-00130호)
주소_서울시 영등포구 여의도동 14-5 아크로폴리스 406호
전화_02)761-7005(代) ㅣ 팩스_02)761-7995
홈페이지_http://www.bookgallery.co.kr
E-mail_cgjpower@yahoo.co.kr

값 7,000원

* 이 책은 용인시 문인·문학단체 창작출판 지원금을 받았습니다.

ISBN 978-89-91177-49-9 03810

이구남 시집

들꽃은
바람을 타고

BiG 북갤러리

여기 들꽃들에게 맑은 술잔을 돌리는 시인이 있다. 그 술잔에는 때론 봄비가 가득 부어지기도 하고 가을날 쓸쓸한 낙화落花버석거리는 잎들이 가득 따라지기도 한다. 하물며 스스로에게 한 잔 가득 반성을 따라 마시기도 하는 것이다. 반성과 성찰의 시선에서 피어나는 들꽃 같은 시어詩語들. 스스로 피어날 줄 알고 스스로 질 줄 아니 그 어느 행간行間이 눈 밖에 나겠으며 마음 밖에 나겠는가. 또한 시인은 돌의 혀를 갖고 있어 그 단단한 돌의 혀에서 사물의 이름들이 이슬처럼 베어 나오는 것이다. 그리고 그 고행苦行의 언어로 모든 것들의 누추한 이름들을 다정히 불러주는 것이다. 동심童心의 넓은 마당과 맑은 운동장을 가졌으니 즐거운 보폭에도 또한 맑은 웃음의 단풍丹楓이 드시겠다.

색색色色의 이름들로 시를 짓는 시인은 그 순정한 마음을 모든 영혼들에게 다 빌려주고 나서야 비로소 그늘에 앉아 쉬는 천형天刑의 즐거움을 깨달은 것이 분명하시다. 즐거운 문장文章이 누추한 문장文章을 덮어주니 늦가을 서리인들 제 집을 찾을 수 있겠는가. 하여 갈 곳 잃은 냉기冷氣를 불러 세워 따뜻한 말로 녹이는 시작詩作의 명분名分이 여기 있으시겠다.

박해람(시인)

　　이구남 시인은 평범한 교육자처럼 보이지만, 삶의 이면을 들춰보면 결코 범상치 않은 예인藝人이다. 그냥 스쳐가도 좋을 문학의 바람을 세상 속으로 유인하기를 1,000일, 이미 그 시간조차 훌쩍 뛰어 넘은지 오래다. 그의 시는 눈으로 마음 읽는 한 폭의 맑은 수채화이다. 때론 애절한 그리움으로 다가오고, 때론 삶을 초월한 사랑과 고통으로 얽힌 실타래를 마법처럼 풀어내고 있다. 그 무슨 사연이 한 시인의 생애를 이처럼 흔들고 있을까. 바람인가, 슬픔인가, 아니면 상처투성이인 사랑인가. 지금도 누군가에게 끊임없이 보내지는 삶의 연서들. 사이버 세상에서 시를 배달하던 淸遊 이구남 시인이 이젠 거친 세상 속으로 나와 돌멩이 하나 멀리 던졌다.

김종경(언론인 / 칼럼니스트)

 시인의 말

詩를
마음에
담을 때
눈물이 난다.

2007년 9월

清遊 이구남

차례

1 들꽃은 바람을 타고

기억에 흐르는 사랑

 이름 모를 새가 되리라

여우가 우는 긴 밤

들꽃은 바람을 타고

들꽃은 바람을 타고 1

흰 물살 이는 곳에
발가락 사이로
흐르는 기억들

벌거숭이 산야, 그 아래
엄마의 눈물이 흘러
기억의 세월도 흘러간다

붉게 맺힌 한恨
가슴에 봉우리를 세워
들꽃이 되었으랴

살아야지, 들꽃은
부딪치는 물살을 타고
이야기를 남긴다, 살아야지.

들꽃은 바람을 타고 2

발바닥에 맺혀진 피멍
헐어서 뭉그러진 가랭이
울음도 지친 멍든 가슴
웃음으로 맺힌 설움이
들꽃 되어 피어난다
피어난다

산처럼 살자
물처럼 살자
바람이면 어떠리
구름이면 어떠냐고
열 번을 살아도, 결국
들꽃으로 살 뿐

무지, 무학, 무소유가 때론
행복함이라고 들꽃은
말했지, 세월은

연인들의 붉은 입술로
여린 허리를 감고
빛나는 구두칼은

숨통을 막아 헉헉대는데
눈물에 비친 미소는
설움으로 태어난 들꽃 되어
바람타고 흐르네
흘러가네.

들꽃은 바람을 타고 3

소 오줌으로 노랗게 물든 비렁뱅이
허기진 한 푼에 종살이하는 간난뱅이
삐쩍 마른 젖퉁이만 빨고 있는 게으름뱅이
술독에 빠져 공갈로 처먹는 주정뱅이

가끔 숨을 쉬어야 할 곳에
들꽃은 피어있다

아직 가시지 않은 막걸리 냄새가
찌들린 나무판대기 위에 풍기고
씹혀지지 않는 꽁치 대가리 한 쪽과
먹다 남은 쪼가리 김치가 뒤섞인 잔반통
바라보는 뱅이들의 배때기들이
기다렸다는 듯이 꼬록거린다
허름한 주인 댁 아줌네가 건네주는
희물그레한 탁사발
가득 담긴 막걸리

뱅이들의 허공에 뜬 미소로
들꽃은 피어난다

취기라도 있어야 살맛일까
탁사발에 코를 떨구는 뱅이들
자빠지고, 엎어지고, 모로 눕고, 꾸부리고
밉쌀 맞은 뱅이들에게
찌든 담요를 덮어주는 아줌네의
메마른 눈퉁이가 부어올라
들꽃으로 반짝인다.

들꽃은 바람을 타고 4

긴 그림자에 내려앉은 햇살이
어둠에 달려온 세월을 덮을 때
들꽃이 웃는다

고통으로 얼룩진 얼굴
한기로 덮인 외로움
허기져 지쳐있는 영혼이
바람에 흩어져
여인의 가슴을 조아린다
사람을 만나 사랑함에도
왜 다른 사랑일까
똑같이 흘러가는 세월이련만
왜 다른 흔적을 남겨야 할까

외로움이여
적막함이여
밤의 눈물이여
하늘이여, 하늘이여

눈물이 뿌려져 내린 곳에
들꽃이 핀다.

들꽃은 바람을 타고 5

바람이 잔가지에 걸쳐 앉아
잎새 흔들어 떨어질 때
들꽃은 연인의 찻집에서
이야기되리라

봄비가 들녘에 내려 앉아
푸른 새싹에 흘러내릴 때
들꽃은 새 이야기를
준비하리라

싸리 울타리 뒤로 비친 초라한 세상
도심의 유리창 속 환영幻影의 세상
세월의 뒤안길에 사라질 때
들꽃은 또 다른 이야기되리라

오색 빛 가득한 탄력있는 근육들
가슴 봉우리 탄탄한 누이의 설레임
희망을 가꾸는 아이들의 꿈속에
들꽃은 영원히 노래하리라.

들꽃은 바람을 타고 6

검게 물든 하늘이 떨어져
깨어진 땅에 던져진 생명이
어둠에서 솟아나
욕망의 빛을 뿜어낼 때
돌아서 가긴 아스라한 길
다시는 뒤돌아보지 말자던 길
쓰러졌던 뿌리를 움켜쥐고
헤어진 소망의 다리에
돌아가자 돌아가자
바람으로 바람으로
바람은 고향으로 물들고
들꽃은 바람을 타고 간다.

빈 배로 간다

어둠을 타고
대해를 돌아
가진 자 마음 모두 주고
돌아온 빈 배

수평선을 바라보며
허망한 꿈을 따라
허우적거린 발걸음들을
쉬고 있는 빈 배

뒤덮인 파도를 가르며
돌아온 갑판에 남겨진
몇 조각 조가비들의
노래 실은 빈 배

흑 회색 갯벌 위
지나는 생명마다
푸른 음성으로 불러 담은
바다의 시, 빈 배

빈 배로 간다.

질주

산허리 걸쳐있는 빛을 따라
눈빛선 가다듬고
황색선 위로 질주한다

창가 틈새로 스쳐가는
바람 가르는 소리

은빛깔 반사되는
눈부신 공기

초음속 질주하는
가려진 빛깔

산등성이 넘어 빛이 가려질 때
황색선 터널 안으로
질주하고 있다

어둠에 쌓인 적막함
인간이 만들어 논 터널에서
건너편 새 빛을 찾으려
또 한번의 숨을 가다듬는다

터널 안 질주가 끝날 즈음
빛은 보다 멀리
앞 창가 깊숙이 내리쬘 때
뒤안길에 남아있는 그림자

풀잎 이슬

어두운 밤
홀로 있는 자리에
기다림에 지쳐
풀잎에 맺히더니
아침햇살에 반짝인다

눈부신 모습
보아주는 이 없고
외로이 바람에 흔들리다
하나 둘씩 사라져간다

누가 아랴
사라져가는 것이
바람도 이슬도 아닌
풀잎인 것을….

가슴앓이

해 맑은 하늘에
비라도 내릴 때면
가슴앓이 한다

누가 볼세라
빗물로 눈물 지울 때

사랑한 만큼
되돌아 설 때

사랑한 흔적이
기억에 남겨질 때마다
가슴앓이한다

사랑하는 사람아
우리 오래 사랑하자

밤이 오는 길목마다
가슴앓이 시인되어
그렇게 살아보자.

술병의 기억

비틀어진 뚜껑이
이리저리 굴러갈 때
기울어진 투명한 진액이
또 다른 술병에 젖는다
발목부터 스며오는
풋풋한 온기가
폐부 깊숙이 숨겨진
잃어버린 기억을 찾아
마지막 술병을 채워간다
비워버린 투명한 잔은
또 다른 술병을 찾고
토해낸 기억들은
반짝이는 눈물 되어
잊혀진 그리움을 쏟는다.

바위

천년의 세월동안
네 모습 다듬었으련만
수줍어 흰 물거품 일어
아직 님을 기다리나

햇살을 비켜 다가온 구름은
물거품과 함께 어우러지고
소나무 잎새 부는 바람은
발걸음을 머물게 한다

자연도 인고의 모습에
함께 쉬어가고
변화무상한 인간도
번뇌 벗어 품속에 쉬어간다

세월 뒤에 남을 성현의 말씀도
인간의 부귀영화도
요동치 않는 너의 자태에
숙연함을 깨닫게 한다.

슬픈 술잔

돌아가는 잔 속에
말없이 주인을 기다리는
술잔이 슬프다

투명한 잔 속에
색채 없는 액체가 담겨질
술잔이 슬프다

굳게 담은 입술에
눈빛마저 감은 대화 없는
술잔이 슬프다

가늠할 수 없는
취객의 손 떨림에서 흘러내리는
술잔이 슬프다

술잔은 술을 받고
대화로 술잔을 받고
삶은 대화로 채워진다

잔이 돌고

세상이 돌고
마지막 남은 빈 잔을 덮고
비틀거리며 일어나는 취객
그를 보는, 술잔이 슬프다.

흐려진 꿈

출렁이는 물에
흐느러진 육신을 맡긴다
가는 신경이 퍼져갈 즈음
마음 한 켠 속에 남은
한 꿈마저 흐려진다

삶이란 흐려진 꿈이런가?

얼굴 위로 퍼져오는
습한 물기에 숨이 가쁘다
퍼진 육신을 가다듬고
물기 섞인 거울 속의 몸뚱이는
이미 더운 김에 서려
모습 또한 흐려져 있다

아!
거울 속에 투영된
육신의 조각들이
흘러내리는 물거품에
꿈 또한 함께 흐른다

만남도, 인연도, 삶도, 꿈도
흐릿한 기억이련만….

늘 가는 길

지난밤 싸늘한 바람에
떨어진 마지막 잎새가
진눈깨비에 뒹굴어져 있다

늘 가던 길이건만
오늘 새롭게 보이는 것은
아직 다 못간 길이 있었음일까

허리 굽은 길 등성이에
구름에 퍼져 붉게 번지는데
마음은 아침부터 그늘인가 보다

휙휙 달리는 길 바람타고
돌아보는 시선이
나를 알고 있는 사람일까

그들 길 따라 가는 것일까
내 길 따라 오는 것일까

늘 가는 길이건만
백미러에 비추어진 길

또 다른 그늘 되어 따라오는 하루

술잔에 담긴 봄비

처마에 또르르 굴러
철 이른 풀잎을 깨우더니
몽울진 꽃망울 위에
뽀얀 안개로 드리워져

님 그리는 치마폭에
선유대의 고운 자태
벗의 술잔에 넘칠 듯
쏟아지는 아스라한 궤적軌跡

눈을 뜨니 꿈속일까
취한 듯 쳐다보니
님이 비운 술잔에
봄비가 담긴다.

무심한 세월

한 걸음 건너 멈추고
두 걸음 건너 돌아보고
그냥 갈 수 없는 서성임은
가슴에 남은 사랑이겠지

혼자 있는 것이 나을 거라고
홀로 있는 것이 좋을 거라고
그래도 떠날 수 없는 망설임은
가슴앓이 그리움이겠지

사노라면 잊을 날도
사노라면 아물지 않은 상처도
모두 벗어버릴 것이란 다짐도
무심한 세월에 또 그냥 간다.

속진을 떠나 산으로 간다

나무, 바람, 바위, 흙, 물, 햇빛, 하늘, 땅,
숲, 야생화, 열매, 벌레, 산토끼, 오소리,
인간, 세상, 과거, 현재, 미래, 야망, 고뇌,
사랑, 이별, 그리움 있는 곳

허덕이며 가지말고
땀나도록 가지말고
빨리오라 하지말고
쉬엄쉬엄 걸어가자

뒤처지는 사람없고
앞서려고 하지말자
좋은바위 앉아가고
바람불면 따라가자

물을따라 흐름따라
풀숲속에 흙내음과
하늘햇빛 바라보며
세상잊고 그냥가자

재운을 생각말고

명운를 생각말고
치유를 생각말고
마음을 비워두자

과거도 산행으로
현재도 산행으로
미래도 산행으로
모두다 놓아두자
눈·코·몸·마음도 하나
고苦·락樂·불고불락不苦不樂도 하나
탐貪·불탐不貪도 하나
과거·현재·미래도 하나 되는 곳

속진을 떠나 산으로 간다.

술이나 한잔 하세

이 사람아
무엇이 부족해 화를 내는가
그저 그럴 때 술 한잔 하면 될 것을

이 사람아
무엇을 더 갖고 싶어 헐떡이는가
그저 그럴 때 술 한잔 주면 될 것을

한 잔이 부족하면 두 잔하고
또 부족하면 더 한 잔 함세
우리네 삶이 그런 것 아닌가

오늘이 다한 것도 아니고
내일이 없음도 아닌데
뭘 그리 한꺼번에 끝내려는가

자네가 있어 내가 있고
자네 마음만큼 채우지 못함이
내일 또 만나야 할 이유 아닌가

행복한가 말하면 무엇이 다른가

비난도 칭찬도 하지 마세나
그저 술이나 한잔 하세 그려.

쉬어 가세나

산이 좋아 간다면서
왜 그리 헉헉대나
우리네 모두 가는 것을
먼저 가면 좋은 겐가

물이 좋아 간다면서
왜 그리 숨 가쁜가
우리네 모두 흐르는 것을
먼저 가면 좋은 겐가

바람이 쉬면
쉬어가고
구름이 쉬면
앉았다 가세나

바람에 잔을 붓고
물길에 안주 놓아
가기 전에 한잔 붓고
잊기 전에 한잔 하세.

살아온 날의 길목

살아온 날과
살 날이 부딪치는 길목에서
깨어지듯 아픈 가슴은
아직 다 못한 사랑일거야

살아온 날 속에
등골 싸늘한 고통은
부질없는 과욕에
버려진 육신의 고달픔일거야

손 발끝 말초 신경을 돌아
오장 에이 듯한 살점은
아직 살 날에 대한
지난날들의 그리움일거야

살아온 날과
살 날이 부딪치는 길목에서
한가닥 희망이라면
외로움이 멈춘다는 게지.

노을에 담긴 사람들

노을에
나그네의 지친 걸음은
노을 따라 그림자가 깊어지고
행여 바람 불어 걸음을 멈추면
물밀듯 밀려오는 노을 속에
흩어진 기억의 모습들이
흰 구름에 맴돌다
자기 빛깔로
퍼져간다
노을에
오랜 옛 친구들
짧게 스쳐간 사람들
눈빛으로 나눈 사람들
뒤돌아보는 모습이 슬펐던 사람들
가녀린 마음을 바람에 날리던 사람들
흐느끼듯 눈물 감추던 사람들과
그냥 가슴에 담아두어야 했던
뜨거운 밀어들이
홍빛 노을 따라
사라진다.

내 마음의 마당

무심코 지난 세월에
무성히 쌓여진 잡초는
젊음의 꿈속에 남은
촉촉이 젖어드는 꿈이었다

이제라도 비워야 할 마당에
찬 서리만 가득 내려
굳어버린 감각을
억지로 움직여 본다

아슬아슬 곡예하듯
두 정점을 반복하다
다시 오르지 못할 즈음
나의 마당은 가득 찬 고뇌

이제라도 비워야 할 마당에
찬란하게 피웠던
젊음의 꿈속에 남은
미련이 나를 잡는다.

삶의 여정

가는 바람에 몸을 담아
흐려진 세상을 돌아보면
삶의 문턱은 하나인데
넘나드는 이 셀 수 없다

가는 빛에 마음 담아
흰 구름 위로 떠나가면
헤일 수 없는 눈빛이
공허한 나를 보고 있다

가는 곳도 하나이고
하는 일도 하나인데
세속의 그늘 속에
삶의 여정만 고달프다.

오늘을 부르리

아!
오늘을 부르리

지나간 시간들이 가슴 아파
눈물 섞인 술잔을 뿌렸다 해도
이제는 참고 오늘을 부르리

몸부림 친 시간들이
저린 고통의 세월을 감싼다 해도
이제는 잊고 오늘을 부르리

슬픔의 한이 겹쳐
산고의 고통이 거품처럼 불어나도
이제는 덫에서 벗어나 오늘을 부르리

아!
그러나 어제에 끝난 환영幻影
님이 부르는 소리 다시 들려
또 돌아가야 하는
오늘, 오늘을 부르리.

허물어진 돌담

허물어진 돌담 위에 달빛이 고요 있고
돌담 그늘에 초점 잃은 아이가 웅크려 있다
돌담 넘어 구멍 뚫린 창호지로
희미한 불빛이 춤을 춘다
아직 남은 따듯한 온기로
아이의 손을 잡는다
달빛에 반짝이는 눈물 한 점이
휑하니 뚫린 가슴을 본다
바람으로 빚어진 벽돌로
허물어진 돌담을 쌓고
표정 없는 아이의 미소는
달빛 속으로 흩어진다
희미한 불빛 따라
나도 사라진다.

잃어버린 시간

뒤돌아본 발자국에
고운 눈물이 잠겨
잃어버린 시간을 그린다
언젠가 함께 지냈을
철없이 자란 꽃잎과
아픔을 간직한 나무와
구름 위에 그린 꿈들과
바람에 맡겼던 미소와
표류했던 사랑과
가슴시린 슬픔과
희열에 가득한 만남과
돌아선 이별과

그리고…
좋아했던 돌들이

잃어버린 시간을 따라
발자국 깊숙이 사라진다.

깨어진 유리 조각

한 줌도 안 되는
마음이 부서져내려
질주하는 바퀴에
갈갈이 흩어진다

파란색은 파랗게
빨간색은 빨갛게
색칠해진 그대로
부서져 흩어진다.

거칠어진 조각들이
바람에 실려 가고
바퀴에 묻어가고
구둣발에 차인다

모질게 남아있는
파편들의 흔적이
걸려진 빨간불에
전조등이 켜질 즈음
보석되어 빛난다.

기억에 흐르는 사랑

돌아서는 길

이제는 생각을 말아야지 하면서도
밤이 지나면 이미 생각일 뿐입니다

멀어지면 아픔이 덜할까 하면서도
아픔이 헤어짐만 못합니다

헤어지면 고통이 덜할까 하면서도
돌아서는 길은 눈물만 쌓입니다

돌아서 다시 돌아서면 또 그 길이련만
발걸음 걸음마다 미련은 왜 일까요.

기억에 흐르는 사랑 1

두 발치 떨어져
걸어야 했던
동네 한 모퉁이 돌담길
수줍은 이야기가
기억에 흐른다

새끼손가락 닿을세라
봄바람 따라 뒤돌아 선
수줍은 미소
보고 싶다,
보고 싶다

모래밭에 남겨질까
지우고 또 지우던
이름 그 이름
이름이여

바람 부는 토담 길로
돌아오면
그리운 이야기
기억에 흐르는

긴 강이어라
사랑이어라.

기억에 흐르는 사랑 2

수줍은 햇살이
뒷동산에 떨어질 때
종종 발걸음 향해야 했던
그리움

넘고 또 넘은
산등성이 위에
님의 가락이 남아
아직 기억에 흐르는
사랑이어라

그때의 새끼손가락
오늘은 닿을까
애처로운 눈빛만
기억 속에 흐르는
강 같은 그리움

육신의 애달픔은
뒤돌아가는 바람에 날려
남겨진 숨결로 돌아와
그리워라.

기억에 흐르는 사랑 3

새하얀 뭉게구름이
그늘져 내려오는 언덕에
말없는 시간들이
그리워라

어쩌다 뒤돌아본
님의 얼굴은
스치는 잎새에
글을 쓴 바람이어라
바람이어라

한걸음만 가까이 할까
풀잎도 반길 것을
반짝이는 눈빛에 남겨진
눈웃음만 안타까워라

수줍은 햇살이
동산 넘어 흐를 때
새끼손가락에 남겨진
흘러간 사랑이어라
사랑이어라.

기억에 흐르는 사랑 4

하얀 눈송이가 세상 가득한 날
눈길 머무는 나뭇가지에
해맑은 수채화가 그려져
쉬어가는 그리움
그리워라

순백색 하얀 눈 위
뒤돌아본 발자국 두 쌍이
멀리서 지워져오면
잡힐 듯이 떨어진
쑥스러운 새끼손가락

두 눈이 함께 멈춘
시린 엉덩이 자리
순박한 미소에
두 크기를 담아보던
기억에 흐르는 흔적들

손 모아 기도하듯
웅크러진 두 어깨 위로
하이얀 입김이 올라

눈물마저 감춰진
가슴 벅찬 그리움이어라.

기억에 흐르는 사랑 5

그리워라

기억의 바람은
나뭇가지 잎새 되어
님이 오는 길목에
길게 남겨진 그림자

흔들리는 손끝은
허공에 그려진
슬픈 모습을 만지고
눈가의 초점은
남겨진 그림자에
님을 쏟아낸다

풀잎은 고요하고
돌담길은 쓸쓸한데
님의 발자국 소리가
가슴 가장자리에 남겨져
철렁이는 그리움이어라
그리움이어라.

기억에 흐르는 사랑 6

금빛 하늘이
동통바위에 머물러
맑은 물속 그림자에
님의 미소가 남겨져
흐르는 기억들이

한점 그늘 없이
붉게 타오르는 두 뺨
깊은 물속에 잠겨
피라미와 약속한
목마른 이야기들이

은빛 하늘이
돌멩이 사이로 들어가
으스름한 마을에
전봇대 백열등이
하나둘 밝혀질 때
님의 야윈 등 위로
길게 남은 사랑이여.

기억에 흐르는 사랑 7

회색빛 창호에 비친
그림자를 따라
눈빛을 멈추면
흔들리는 그림자가
힘없이 돌아선다
고통으로 일그러진 육신은
허공에 나타날 님을 그리며
떨리는 고통을 참는다
중천에 달빛이 올라
창호 문을 열면
쏟아진 달빛은
은빛 눈물을 만들고
멀리서 들려오는 목소리가
귀밑을 스쳐 속삭이니
그리움으로 놓여진
징검다리로 오라 한다.

기억에 흐르는 사랑 8

달빛 받은
소년의 떨리는 손이
은빛 얼굴
소녀의 손등 위에
포개져 있다

축복의 선율은
겨울 소나무를 타고
하늘거리는 눈송이는
말없는 정원을 만든다

소년의 침묵은
따스한 체온으로
소녀의 스린 가슴을
조심스레 도닥인다

소녀의 무르익은 볼이
한껏 수줍어
어깨를 흔들 때
사랑 하나가 이루어진다.

기억에 흐르는 사랑 9

깊어지는 어둠 속
흐르는 전율이
엷은 피부를 흔들어
부끄러움에 가득한
소녀의 가슴

빠알갛게 물든 얼굴
살며시 고개 돌릴 때
어깨 위로 날아간
바람의 숨소리가
오랜 기다림을 안는다

겨울눈 사이로
바스락 소리, 남겨진 낙엽
자리를 찾지 못한
도토리 한 쌍이
사랑을 터트린다

세월이 깊어진 어둠도
흰눈의 반짝임을
기다렸을까

겨울날 빈 의자가
기억을 만들어 간다.

기억에 흐르는 사랑 10

추적이는 빗물 따라
골목길로 달려가다
회오리치는 도랑에
멈추어 바라보니

나지막한 흙 토담
빗물을 타고 온 숨소리
희미한 툇마루에
기다림이 지쳐있다

칼날같이 세운
물풀 입힌 바지 주름
빗물에 축축이 젖어
안타까움을 토하니

소녀의 모습이
빗물에 떨어져
교차된 기다림으로
도랑 따라 회오리친다

오랜 세월

그렇게 기다렸나 보다.

그리움으로 남은 빈자리

그럴 줄 알았어요
당신이 떠나간 빈자리는
남아있는 그리움이란 것을

당신이 떠난 후
지워야 할 것이 너무 많아
그냥 서성여야 했다는 것을

아직 못 다 쓴 글들
책갈피에 남겨진 사진들 그냥
헌 책에 남겨두어야 했던 것을

혹시나 하는 기대보다
또 다른 의미로 다가올지 모를
당신의 그림자란 것을

가슴에 남아있는 흔적은
그냥 그리움으로
남겨두어야 한다는 것을

당신이 떠난 빈자리는

남아있는 그리움이랍니다.

가슴으로 우는 사람

불빛이 잠겨진 밤하늘
흐르는 별을 보며
가슴으로 우는 사람은

샛강을 넘어 불어오는
초 새벽 바람소리에
가슴으로 운다

흔들리는 가지에
연둣빛 색깔이 짙어질 때
가슴으로 우는 사람은

눈물이 빛나 새벽 되고
떨리는 어깨가 바람 되어
세월이 흐려져 안개 된다

가슴은 가슴이 아파
우는 것이 아닌데
늘 가슴으로 운다.

한때 그런 날들이 있었지요

한때, 삶이 너무 힘겨워
혼자서 눈물을 훔쳐야 할 때도 있었지요
한때, 사랑하는 사람과 헤어짐이 힘겨워
가슴앓이를 한때도 있었지요

그러나 지금은 힘겨웠던 삶이
나에게 주어진 축복이었고
가슴앓이 했던 그때가 있기에
마음 구석 저 켠
행복한 미소를 찾게 됩니다

다시금 삶이 힘겹더라도
다시금 가슴앓이 할지라도
이젠 길들어진 삶 속에
그렇게 사나 봅니다.

참을 수 없는 것은

그대 떠난다 해도
난, 아무렇지 않으리
돌아서 눈물 흘리고
가슴 아파하지 않으리
보고파 너무 보고파서
긴 겨울밤 홀로
가슴앓이 한다 해도
결코, 그대의 모습
기억하지 않으리

그대 떠난 후
그리움에 담긴 시린 아픔이
핏기 없는 살점을 오려내고
누르고 있는 돌덩이가
헐떡이는 숨을 토해낸다 해도
난, 참을 수 있으리

그대 떠난 오랜 후
그대가 남긴 사랑으로
그리워, 너무 그리워서
떨리는 육신의 고통도

헤어진 영혼의 서러움도
난, 참을 수 있으리

아! 그대여, 나
참을 수 없는 것은
그대, 다시는 볼 수 없는
기나긴 이별離別

눈물이 너무 아파

다시 이별을 한다면
가슴 아파할 나를
죽도록 미워할 것이다

이별해서
가슴 아프지 않아

그리워서 너무 그리워서
가슴이 에이도록 그리워서
마지막 쌓여질 눈물이
너무 아파

다시 사랑을 한다면
가슴 아파할 또 다른 내가
죽도록 미워질 것이다

사랑해서
가슴 아프지 않아

보고파서 너무 보고파서
가슴이 에이도록 보고파서

마지막까지 쌓여질 눈물이
너무 아파

가을비

그대 떠난 자리에
가을 꽃잎 대신하여
눈물 젖습니다

그대 머문 자리에
작은 풀잎 대신하여
가을비에 젖습니다

풀잎에 맺힌
눈물방울 흔적들
그대가 만든 그리움입니다

혼자 있는 외로움
눈물방울 흔적들
밀려오는 서글픔

스산한 가을비가
서럽습니다

단 하나
기억 속에 그대 자리 있어

참고 살아갑니다

그렇게 살아가렵니다.

내 안의 사랑

새벽에 내리는
잔잔한 빗방울은
당신의 지친 피로

가로등 빛에 비치는
풀잎새 고인 물방울은
당신의 작은 휴식터

물방울 위 떠있는
빛깔 채운 꽃잎은
당신의 고운 기다림

당신의 빗방울과
당신의 물방울과
당신의 꽃잎 되어

싱그러운 마음으로
그리움을 채워가는
내 안의 사랑

가을 새

가을바람 잎새 넘어
가슴마다 흔들릴 때

마지막 한 잎마저 떨어져
외롭게 남은 빈가지에

아플 줄 알면서
그리움 기다리는 가을 새

그대 모습 창가에 그릴 수밖에

하이얀 유리창에
햇살이 채워지며
바닥 깊게 드리워질 때

몽롱한 기억 속에
잊어야 할 날들이 생각나
투명한 눈물을 감춘다

그대 함께 있던 날들이
잊어야 할 날들이라고
가슴 움켜쥐며 다짐하건만

눈가에 비친 유리창에
떠나간 그대의 모습이
커져만 간다

잊자고 할수록
그대의 빈자리에
공허함이 커갈 줄이야

이미 나의 생각과 몸짓은

대신할 수 없는
그대의 손길로 빚어져

그대 없는 삶은
흩뿌려진 햇살처럼
내 곁에서 비켜만 가고

그대의 흐릿한 윤곽으로
서러움과 허전함을
달래 보건만

그대 없는 이 시간
애써 외면한 눈물로
그대 모습 창가에 그릴 수밖에

문득 보고 싶을 때

문득
보고 싶을 때

새벽을 열어
두근거리는 가슴으로
당신의 단잠을 깨우고

조용히 바람 되어
당신의 마음 한 뜨락에
가만히 안길 것입니다

문득
보고 싶을 때

밤 새 내내
한 점 눈물 없이
머물다가

새벽을 따라
당신이 오는 길목에
갈대의 울음 되어

하염없이 기다릴 것입니다.

눈물이 나는 날

눈물이 나는 날
행복했던 지난날
생각이 나거든
지금은 아니라고
그냥 울어버리렴

눈물이 나는 날
사랑이 떠나갔다고
생각이 들거든
삶이란 그런 것이라고
그냥 울어버리렴

가녀린 어깨를 들썩이며
숨죽이지 말고
엉엉 울어버리렴

시큰둥해오는 콧등을
애써 참지 말고
엉엉 울어버리렴

저려오는 가슴을

속 쓰려하지 말고
그냥 울어버리렴

눈물이 메말라 눈이 붓고
소리가 메말라 목이 붓고
감각마저 무뎌져
아픔에 지친 밤이 샐 때까지
그냥 울어버리렴

눈물이 나는 날
지금의 눈물은
사랑하는 사람에게 주는
마지막 기쁨이라고
그렇게 울어버리렴

사랑하는 사람아
그렇게 울어버리렴.

당신의 한걸음 뒤에

당신보다 한걸음 뒤에 있을 것입니다
거친 시련의 파도를 넘어
당신의 당당한 모습을
바라볼 수 있기 때문입니다

당신보다 한걸음 뒤에 있을 것입니다
세찬 비바람이 불어올 때에
혹여, 지친 당신에게 필요한
내가 될 것을 기대하기 때문입니다

그 길이 비록 작고 고통의 길이라도
당신이 가는 길을 따라 갈 것입니다
고통으로 쉬고 싶은 당신을 위해
작은 짐을 덜어드리고 싶기 때문입니다

그러나, 당신은 앞으로 가야만 합니다
결코 뒤돌아보지 않는다 해도
당신이 가는 길 뒤에 내가 있음은
당신의 삶은 나의 의미이기 때문입니다

앞으로 향해가는 당신이

언젠가 뒤를 돌아볼 때
당신보다 한걸음 뒤에 있는 나는
당신의 추억이 되어 있을 것입니다.

당신이 떠난 빈자리

당신이 떠난 빈자리에
너무 큰 빈공간이 남겨져 있습니다
둘이 있을 때 늘 가득 차있던 자리가
이렇게 클 줄 몰랐습니다
당신이 떠난 빈자리에
홀로 있기에는 너무 슬퍼집니다
늘 그런 줄 알았던 따듯했던 자리가
이렇게 허전하게 느껴질 줄 몰랐습니다
늘 그 자리에 있다고 생각되었던 당신의 자리가
이렇게 기다리는 자리가 될 줄 몰랐습니다
뒤돌아서면 늘 바라보고 있었던 당신의 자리가
이렇게 외로운 자리로 남게 될 줄 몰랐습니다
그럴 줄 알았으면
당신이 떠나기 전 야윈 어깨를
좀 더 안아주었어야 했습니다
그럴 줄 알았다면
마음 아파했던 작은 일들에 대해
조금은 더 참을 수 있었어야 했습니다
그럴 줄 알았다면
마음속에 담겨두지 말고
사랑한다는 말을 했어야 했습니다

당신이 떠난 뒤에야
당신이 있는 자리가
행복이었음을 알았습니다
당신이 떠난 뒤에야
당신이 떠난 자리가
외로움이었음을 알았습니다
당신이 다시 돌아온다면
그것이 고통의 일부라고 해도
당신의 자리가 다시는 비지 않도록 할 것입니다
당신이 떠난 자리에
아직 기다림이 있습니다.

비오는 날의 파도

수평선 멀리 바라보다
파도에 팅그러진
작은 빗방울이
가녀린 뺨에 흐르는데

쏴아악 처억~
밀려오는 흰 파도는
깨어지고 부딪쳐
변한 님의 안타까운 소리여라

비 오는 날에
담겨올지 모를 님의 흔적
찾고 또 찾아보련만
홀로 온 파도만 야속한데

세월이 흘러도
그때의 바람이 불고
그때의 구름도 흐르고
그때의 갈매기 나르련만

파도야, 파도야

뒤돌아서 남겨진 발자국과
가슴에 엉켜진 흔적이라도
님의 곁에 가져가련.

기억의 끈

눈 시린 햇살에
흰 목련이 빛나더니
살랑이는 봄바람 타고
창문 멀리 날아가
오래된 기억의 끈을 놓는다

만남을 소중히 하지 못한 탓에
그냥 보냈던 사람들

인연을 소중히 못해
기억의 뒤편에 있던 사람들

힘이 들 때 함께 있었던 사람들
혼자일 때 곁에 있었던 사람들

기억 속의 사람마다
소중한 사람이었음을
왜 몰랐을까

창가에 멀어진
눈 시린 흰 꽃잎 위에

말없이 떨어지는 빗방울은
기억의 끈에 놓여진
가슴앓이이어라.

그날 오후

하늘빛 파란 날 오후
어떤 의미를 붙이지 말자
그냥 오후의 찻집이 좋아
함께 있던 날로 기억하자

강가의 빗줄기조차
잔잔한 파고에 스며드는 오후
추억이란 의미를 붙이지 말자
그냥 그날 오후 파고가 좋아
함께 있던 날로 기억하자

잎새 바람이 얼굴에 스치는 오후
감동적인 의미를 붙이지 말자
그냥 그날 오후의 바람이 좋아
함께 있던 날로 기억하자

먼 훗날 회상의 한 쪽마다
예쁜 색칠을 하려하지 말자
그냥 그때의 마음에 젖어
그날 오후라고 기억하자.

바닷가의 흔적

어둠이 벗겨질 무렵
하얀 포말을 일으키며
다가오는 파고를 따라
느릿한 발자국을 남긴다
아침 햇살이 바다에 내리고
출렁이는 파도는 부서져
보석되어 반짝이는데
지난 밤 흔적은 지워지고
또 다른 흔적을 남길까
조심스레 발걸음을 디딜 때
찰랑이는 파도소리에
새록새록한 이야기가
발가락 틈새로 올라온다
파도가 돌아온 이야기
모래들의 속삭임
또다시 지워질 나의 자취들이
이야기를 남기며 사라진다.

겨울 공간

입가에 새어나온 하이얀 입김이
슬픈 미소로 겨울 공간에 멈추어섭니다

이미 떠나간 당신이련만
아직 남은 기억은 겨울 공간을 찾습니다

그대가 떠나간 만큼 세월도 흘렀건만
그대 이름은 겨울 공간에 남아있습니다

흐르는 세월만큼 모든 것이 잊혀지련만
그대 이름은 겨울 공간에 또렷합니다

그대와의 사랑, 그대와의 추억들은
겨울 공간에 조각되어 슬픈 미소로 남을 것입니다.

이름 모를 새가 되리라

이름 모를 새가 되리라

어둔 밤 치솟는 욕망의 불꽃이
밤하늘의 반짝이는 별이 되어
점점이 흩어지고
한낮의 목마른 갈증이
한 줄기 회오리 되어
회색 창공으로 사라질 때
난, 솔잎 사이 작은 둥지를 튼
이름 모를 새가 되리라
홀로 날아가는
이름 모를 새가 되리라
새가 되리라.

풀잎 소망

인간의 시야에서 멀어진 곳에
숲의 숨결이 전해온다

가끔 들려오는 기계음 소리를
애써 외면하며 대지에 뿌리를 내렸다

뿌리 위로 올라온 푸른 새잎은
아이의 눈빛에 초록빛을 담아주고
가슴에는 느낌을 남겼다

어느 날, 날카로운 굉음이 커지더니
난, 뿌리 채 뽑히어 길옆으로
내동댕이쳐지고

하늘로 뻗친 가는 뿌리마저 메말라
헉헉대며 숨이 막혀갔다

다행일까, 인간의 관심이 멀어지고
태양 빛이 먹구름에 감추면서
나의 뿌리는 비바람에 돌아섰다

난, 또 다른 생명을 탄생한다

인간이 가야 하는 길이라면
밟혀도 좋고 등허리가 굽혀도 좋다

차바퀴에 눌려져
온몸이 으스러져도 좋다

나의 작은 소망은
뿌리 채 뒤엎지 말아다오

내가 살고자 함은
내가 살아있음으로
함께 살고자 하는 풀벌레가 있음이다
함께 살아가는 바람이 있음이다.

장회나루

바람도 조용히 나그네 기다리듯
물살도 잔잔히 이야기 속삭이듯
구름도 머물러 신선을 불러내듯
기암과 호수가 어울린 장회나루

물아래 거북이고 하늘도 거북이라
기암절벽 이름하여 구담봉일까
퇴계 선생 글 읽고 두향을 기리며
병풍절벽 이름하여 옥순봉이라네

사랑이 깊어 서린 한이
후세에 기려질 것을 몰랐을까
애처로운 가락이 빈 잔에 흘러
두향이의 그리움을 담는구나

은은한 호수의 파란 수채화에
백색 은가루를 뿌리며
절벽을 오르내리는 청풍淸風을 담아
비단결 위를 미끄러지듯
물결 따라 뱃길 따라
강호가도江湖歌道의 호흡어린 곳

장회나루로 돌아간다.

햇살 남은 오후

햇살 남은 오후에
창살에 드리운
동그란 미소가
가슴으로 남아

아지랑이처럼
순간 사라질 미소 위에
살포시 입술을 덮고
머릿속에 그려본다

공간을 넘어온
긴 그림자는
엷어진 미소를 감춘
목마른 숨 자욱

꺼져가는 촛불처럼
순간 사라질지 모를
숨 자욱 위에
긴 숨을 덮는다.

밤을 잃은 빗방울

밤을 잃은 빗방울이
나뭇잎에 머무르다
꺼져가는 불빛을
슬프게 바라본다

마지막 빛 담은 창가에
도르륵 도르륵 소리 내어
벗의 잠결을 흔든다

벗이야 잠을 깨면
같은 세상 되려만
밤 잃은 빗방울은
이 밤새면 사라질 것을

한 뼘만 내밀어도
벗의 곁에 가련만
밤바람 또한
오늘 따라 잠잠할까.

5월에 쓰는 편지

1

오월의 진초록 잎새 위에
초록빛 바람이 글을 쓸 때
난 눈부신 푸른 하늘에 詩를 쓴다.

2

소록소록 내린 비님이
싱그러운 연녹색 그림을 그릴 때
난 풀잎에 맺힌 빗방울에 詩를 쓴다.

3

산과 강, 돌과 바람, 하늘과 구름, 바다와 바위 그리고 등대,
풀벌레와 새소리, 논둑길과 밭둑길, 개구리 알과 도롱뇽 알,
야생초와 야생화 그리고 이름 모를 들꽃, 또 봄비, 모두 詩가
되고 詩人이 된다.

4

사랑하는 사람이
산을 거닐 때 詩가 되어 강으로 흐르고
돌 틈새 풀잎 소리는 바람타고 흐른다.

5

삶이 힘겨운 사람에게
하늘은 詩가 되고 구름은 벗이 되어
바다에 홀로 있는 바위에 등대가 된다.

6

살면서 늘 겨울 같은 사람은
풀벌레 함께 우는 소리에
봄비 타고 미소를 띠운다.

7

퇴색된 편지에 남겨진 들꽃은
그리움이란 소생술로
봄비에 다시 그려진다.

8

가슴 아픈 이들도
그리움을 간직한 이들도
오월의 편지는 詩가 된다.

분원호수

아침이 열릴 즈음
알알이 부서지는 햇살에
눈빛을 머문다

고요한 세월 속에 묻혀버린
조선 백자의 찬란한 문화가
숨겨놓은 독백처럼
호수 수면 위에 숨쉰다

하나 둘…
혹여 가랑비라도 내릴까
동그라미 그려본다
백자의 모습을 그려본다

오백년 역사 속에 묻혀진
장인에 서린 시린 가슴이
그윽한 호수로 변했음일까

호수에 부는
아침 바람이 휘돌아
지나가는 발걸음을

멈추게 한다.

흰 민들레꽃

황토 흙 뒤덮여진 가장자리
외롭게 싹 돋는 흰 민들레꽃이
울고 있다

햇살 받아 고운 물기 머금은
연녹색 푸른 잎새
봄볕 아지랑이 덮여
동네 꼬마들 함성이
어우러진 마을

어둠 짙어지고
가로등 밝아질 무렵
일터에서 지친 몸들
모여 모여 대화하던
작은 솔개 동산

아!
기억은 퇴색되고
쌓여진 콘크리트벽 안에
인간의 모습들
포크레인 짓이기는

소리 가득한 솔개동산

굉음소리에 지쳐
광택 잃고 쓰러진 풀잎 위
황토 흙 뒤덮여진 가장자리

어쩌다 남은 흰 민들레꽃이
울고 있다.

9월 속으로

무지의 세계 속에서
한없이 헤매던 날에
가슴으로 다가온
9월의 바람을 타고

가을 텃밭에 뿌려져
수줍은 소녀의 부푼 가슴에
벌 나비 날아드는
9월의 마타리 꽃들과

황금빛 물결 위에
소박한 농부의 꿈이 담겨
고향 살내 가득한
9월의 흙빛을 따라

멀리 돌아보면
만나는 길 없이 펼쳐진
영원한 논두렁길
9월 속으로 간다.

가을 창가

가을바람 솔솔 불어
창가에 머물다가
샛노란 가을 꽃잎 흔들어
창문을 열라 한다

향긋한 꽃잎 내음
창가에 넘어오고
시샘 가득 녹색 잎새
바람결에 흔들린다

꽃 잎새 사이사이
하늘 빛 가득 담아
노오란 가을 꽃잎
가을 창가 넘어온다

해질 무렵 창가에
하늘빛 가득한 가을 꽃잎
그리움 남긴 채
가을 창가 넘어간다.

코스모스

당신이 스쳐간 길에
가녀린 코스모스가
피어났습니다

긴긴 날들을 기다리며
당신을 위해 이제야
피었났습니다

오로지
당신을 위해
맑은 하늘을 마시며

당신을 위해
지친 길가에서
견디었습니다

당신이 스쳐간 길이기에
가슴속에 파고드는 그리움은
여덟 꽃 잎새마다 떨려옵니다

한 잎 또 한 잎

연분홍 색깔이 물들어감도
당신의 심장에서 느껴오는
사랑이기 때문입니다

당신의 눈빛으로
태어난 사랑이기에
당신이 스쳐간들
원망도 절망도 할 수 없습니다

오로지
당신을 위해
그리움을 머금을 것입니다.

가을 고목

가을낙엽 물들 때
검회색 짙은 빛깔 사이
갈 곳 없는 낙엽이
스잔한 바람에 날려
패인 골마다 쌓여간다

한때 한 세월
찬란한 황금빛 물들어
길손마다 쉼터 되었건만
이젠 수액마저 메말라
견디기 힘든 뿌리에
힘겹게 걸쳐있는 가을 고목

툭툭 불거진 마디마다
더 버틸 수 없는 겉껍질이
이제 쉼터로 돌아가는
어머니의 삶 같아
가슴 짜르르 숨이 메인다

나의 삶 또한
가을 고목과 다르랴만

아직 이파리 있어
스치는 바람에 견디는 거지.

늦 낙엽

기다리다
기다리다
가을비 눈물 젖어

파리한 입술 물어
나뭇가지에 동동대다

뒤돌아보고
뒤돌아보고
애절한 기다림도

무심한 갈바람은
정든 가지를 흔들어
작별을 하라는데

아직 남은 미련에
떨리는 손 내밀어보련만
멀어지는 몸뚱이가
애처롭기만 하다

수액까지 메말라

까칠한 황토색 얼굴은
긴 여정을 마감하기 위한
오랜 준비였을까

뒤돌아보며
기다려야 했던 님을
그리다 남겨진 색칠이었을까

온몸을 부딪쳐 토해내는
바스락 소리는
아직 올 님을 위한
애절한 부름이겠지

늦 낙엽은 떠나가고
쓸쓸한 뒷자리에
바람이 전해진
긴 여운만 남아있다.

10월의 끝자락

노오란 은행잎이
하늘에서 떨어져
손 잎에 물들고

푸른 햇살이
잎새마다 떨어져
오색 가을 만든다

가을을 탄 풀빛은
담장에서 머물러
풀빛 언어 만들고

가을바람은
가슴마다 담겨져
숨을 헐떡인다

작별이 아쉬워
긴 햇살 길게 뿌리는
10월의 끝자락에

우린

내일을 기다리고
오늘을 잃어가는
연습을 해야 한다.

늦가을 단풍

늦가을 비 틈새로
쏟아진 햇살 머금고
눈부시게 타오르는
환희의 물결 속에
소리 없이 흔들리는
가슴 벅찬 희열에
숨마저 가빠진다

작은 손바닥에
가을비 내려앉아
가늘게 흔들리는데
숨쉴 곳을 찾은
바람도 돌아와
한 가닥 흔적을 남기려
떨고 있다

이 밤이 지나면
쏟아진 햇살도
가슴 벅찬 희열도
남겨진 흔적도
가을바람에 기대어

오랜 잠을 잘 것을

눈 내리는 날

눈 내리는 날
우연히 마주칠
그런 사람을 기대하면서
하얀 눈 위를 걸어보건만

늘 가까이 있지만
못 다한 이야기가 있는 듯한
그런 사람을 생각하며
눈 위에 발자국을 남겨보건만

들킬세라 종종히
발걸음을 옮겨야 했던
그런 사람을 생각하며
하얀 눈 위에 그림을 그려보건만

만나서 돌아서면 또 보고파
그 자리에 있기를 기대했던
그런 사람을 생각하면서
뒤돌아간 길이었건만

하얀 눈 위에

그이의 발자국만 남아있다.

가을억새

가을빛 햇살
온 몸에 뿌려져
은빛 물결 타고

저녁 빛 노을
바람에 휘날려
금빛 물결 출렁이며

휘감아오는
가을바람에
님 향한 소리

뿌리째 흔들대며
서억서억 울어대는
가녀린 가을억새

# 여우가 우는 긴 밤

여우가 우는 긴 밤

태양이 뜨면서 나이 그늘에 가려진 눈빛이 가물거려 찬 물로 헹군다. 태양은 희뿌옇게 퇴색된 머리카락을 뿌리 채 뽑아 흑점만 남게 한다. 나이 그늘은 쉴 틈 없이 육신의 뼈다귀를 갉아 시림과 통증과 느릿한 발길과 사이가 커져버린 이 틈새로 검은 구멍을 남긴다. 태양이 석양 넘어 멀리 떨어질 때 나이 그늘도 사라지고 어둠 속의 여우는 눈을 감는다.

어둠은 태양에 일그러진 글자가 아직 남은 뇌리에서 남은 채, 두터운 솜 안에 누인 육신은 검은 구멍과 함께 사라진다. 오랜 잠을 청한다.

여우가 우는 긴 밤은 회한으로 가득하다.

실 같은 흔적만 남기고

말한 것은 거짓뿐이었고
빛과 어둠은 뱃살에 숨겨지고
살아온 길은 어두운 밤뿐
가진 것이란 슬픈 빚이고
남은 힘이란 독기서린 마음이었다
사랑이란 남루를 벗는 허울이고
자비란 화장 속에 냄새였다

가라!
허울과 거짓이여

가는 길은 마파람에 부딪쳐 사라지고
지나온 길 또한 썩은 낙엽에 누울 뿐
기억이란 사치스런 애증이고
탄생의 의미도
가진 자의 조롱일 뿐
희망이란 너울도
삶의 기억도
그럴싸한 입발림도
환영幻影의 그림자로
모두 떠나라

실 같은
흔적만 남기고

오해誤解

실상實像은 그랬다
자욱한 안개 속에 인간의 혀가 널름거린다
누군가 혀 속에 침을 꽂아 독소를 뽑아내어
상상의 날개를 달아 바람을 만든다
샛바람은 굿거리장단 맞춰 매화춤 추고
하늬바람에 생각은 굳어진다
마파람은 변명의 겨를을 주지 않고
가위바람을 불러 펄럭이는 깃발을 뉘인다

허상虛像은 그랬다
치켜뜬 두 눈에 핏방울이 맺힌다
조여 오는 사면을 향해 사력을 다하려 하나
망치로 두드려진 뒤통수에 반창고를 붙이고
방망이로 멍든 가슴에는 헌신 꿰매듯
휑한 바느질 자국이 남아있다
피골이 상접해 쓰러진 자신의 육신을 본다
때늦은 웃음을 짓는다
모두 웃는다

서로 웃음을 멈춘다
기억에서 사라진 굴절된 독소는

거짓된 자신의 얼굴 표정을 멈츠게 한다
자신의 실상實像이었음을 알았다.

파리는 허공을 난다

관습과 오기로 무장된 동네
고무줄로 파리를 잡는다
뺨을 스쳐 날카로운 소리
붉은 핏줄을 튕겨내고 콧잔등을 스쳐
붉은 색 선혈을 뿜어낸다
파리는 날아 님의 눈가에 미소를 보낸다
또 다른 줄이 바람을 가른다
님의 눈퉁이에 솟아나는 검붉은 핏발
관습은 웃고
오기는 박수를 친다
힘없는 동네는 구부러지고
홀로서기를 그친다

파리는 허공을 난다.

돌 혀石舌

날카롭게 귓전을 때리는 아우성도 지배자의 눈앞에선 손질한
기계처럼 조용하다

꿈꾸던 언어는 기상起床의 기척이 없다

서류를 넘기는 숨소리엔 권력의 마디가 툭툭 불거지고 가끔
키득거리는 웃음은 권력에 아부해야 하는 마지막 배려다

편견과 갈등의 양면 칼날에 길들여지지 않은 사고는 잘려지
고 나의 끌끌했던 청년에게 부음을 전한다

나는 두 개의 얼굴로 마음을 유기遺棄한 채 밸을 팔고 젖가슴
을 거래했노라

돌 혀의 마지막 발설發說은 역사의 한 켠에 오점을 지우려는
민중의 양심으로만 남아 음산한 웅덩이에 모여 저희들끼리
수군댄다

왜곡된 혀끝에서 탕탕탕 허위가 승인되는 동안 이미 잠긴 돌
혀石舌는 잘근잘근 혀를 깨문다.

하늘에 그려진 날개

아이는 말이 없다
허씨도 말이 없다
희끄무레한 전등 불빛 아래
아이가 앉아 있다
싸늘하고 음산한 기운이
쪼그려 앉은 아이의 동공에 멈춰있다
술병은 바닥나 있고
숨넘어가는 연기가 세상처럼 탁하다
아이의 앙상한 손가락이 그림을 그린다
하늘…
허씨의 한숨이 함께 따라 간다
아이가 또 그림을 그린다
아빠…
하늘은 꺼억 소리를 내며 뒤통수를 때린다
이미 익숙해진 시린 눈시울에
흙빛 방울이 맺힌다
"크흐흑"
목구멍에 괴어있는 핏물이 터진다
아이가 문을 민다
하늘이 성큼 들어온다
하늘이다

아! 하늘이다
틈새 바람이 허씨의 굳은 발바닥을 핥는다
아이는 하늘에 날개를 단다

누구의 하늘인가?

24시 해장국집

1

형광 네온에 비친 붉은색 바탕에 흰색 글씨가 정겨운 동네 24시 해장국집. 눈꺼풀이 내려진 사람, 입술 파리한 사람, 흰색 얼굴 반질한 사람, 갈색 안경 낀 사람, 빨간색 짧은 치마를 입은 사람과 눈꺼풀 짙은 사람 그리고 아직 입에 거품이 빠지지 않은 채 들어온 사람들이 각기 다른 자리에 앉아 해장국을 기다린다.

2

입술 파리한 사람이 요즈음 며칠 일이 없었다고 하자 눈꺼풀 내려진 사람이 어제 난 일당을 받았으니 오늘 자신의 일자리를 넘겨준다고 한다. 허기진 세상이다. 아침에 먹는 해장국은 시원하다

3

얼굴 반질한 사람이 짧은 홀은 짧게 쳐야 하는데 잘못 친 것 같아 걱정이라고 하자, 색안경 낀 사람이 X억만 내면 다 해결된다고 한다. 얼굴 반질한 얼굴에 형광등 불빛이 반짝인다. 밤새 마신 양주발이 먹힌 모양이다. 망가진 세상이다. 그래도 해장국은 시원하다.

4

빨간색 짧은 치마 입은 사람이 그 XX끼! 돈 한 푼 없으면서
밤새 노가리까다 화장실 갔다 온다 하고 도망갔다고 하니까
눈꺼풀 짙은 사람이 오죽하면 그러겠냐. 좋은 세상 오면 다
받게 될 걸 해장국이나 먹으라 한다. 아리송한 세상이다. 그
래도 해장국은 시원하다.

5

아직 입에 거품이 가시지 않은 한 사람이 한 탕에 십억을 날
렸다고 통탄하는데 다른 사람은 그까짓 돈이 대수냐. 이번 분
양 한 건하면 수 조兆가 생긴다고 한다. 뒤죽박죽 세상이다.
해장국 한 그릇은 아직 오천원이다.

6

일 없어 고통 받는 사람들의 이야기, 배팅 잘못해 철창에 가
야 할 사람들, 짧은 홀 생각 돗해 낙마한 사람들, 좋은 세상
기다리는 사람들, 한 탕 건을 해야 하는 사람들, 해장국집 아
낙네는 세상이 거꾸로 갈 때 이야기가 많아진다.

불꽃 그늘

타라!
올라라!
장작의 불꽃이여!
욕망의 불꽃이여!

그대의 잠재된 열정을
타오르는 불꽃을 타고
육신의 마지막 한 조각까지
불길에 태워져 바쳐라

그대 안의
아직 남은 욕망의 덧
타오르는 불길에 던져
세상의 자유함을 느껴라

비록 허상으로 비춰진 불길이련만
한번쯤 그와 같은 삶을 살기 위해
자신의 열정을 바칠 수 있다고
자족하며 살아보라

그러나…

찬란히 펼쳐지는 불꽃이 커질 때
그늘에 드리워진 뒤안길은
더욱 적막함을 알라.

광복 61

안개 덮인 산을 돌아
일그러진 인간의 숨을 놓고

광막廣漠한 미지의 파도를 넘어
가슴 막힌 인간의 속성을 벗어놓고

강풍强風을 거슬러 올라가
불신의 껍데기를 벗어놓고

역사의 순환 속에
함께 쏟아낸 응어리진 진실을 담아

헤어진 마음들아
흐트러진 마음들아

천고불후千古不朽의
푸른 공간에서 함께 숨을 쉬자.

난자의 저항

아악!
일차 방어벽이
무너져 내린다

이미 침입한
난포자극 호르몬에 의해
생성된 힘없는 난자군들
크래커의 움직임을
속수무책 바라본다

예리한 바늘이
살점을 뚫을 때
일그러진 영혼이
저항 없이 울고 있다

혈관을 뒤집고 다니는
해커들의 자유
이미 예견된 사건의 종말

몸속에 침입한 크래커
핏줄을 가로질러 횡단할 때

힘없이 무너지는 난소 방어벽

이차 벽이 무너져
가느다란 바늘이 오갈 때
강도 높은 현미경으로
난자의 고통을 음미한다

바늘 끝은 난자의
마지막 저항을 탐색하다
이내 눌러진 난자의 겉벽을 뚫어
생명 깊숙이 진입을 시도한다

맑고 투명한 난자의 외벽
최신 난포액 방어시스템으로
마지막 사력을 다해 오므려보지만
신이 만든 마지막 생명선은
슬프게 뚫려야만 했다

아악!
비명횡사할 찰나인가

끈질긴 생명력으로
바늘구멍으로 흡입되어 간다
흘러 들어온 난자의 생명을 보며
크래커의 눈이 빛나고 있다.

네 안에 머문 네비게이션

늘 오가던 길이건만
네 안의 네비게이션은
발길 따라 머물러 있다

가야 할 길이 아니건만
네 안의 네비게이션은
말이 없다, 아무런
말이 없다

낯설은 길이 아니건만
네 안에 머물러
그대로 가라한다, 자꾸만
가라한다

어차피 돌아서, 또
돌아서 가야 할 이유라면
쉬어가도 좋으련만
가라한다, 또
가라한다

돌아서 가야 할 길인데

머무를 수 없는 길인데
너무 멀리 온 길인데
네 안에 머문 네비게이션은
아무 말이 없다.

인간의 장난

무심한 하늘은 인간의 장난을 보고 웃고 있다. 검은 버섯구름에서 철장을 녹이는 강렬한 열기가 인간의 모습을 태우고 자연스럽지 못한 바람은 방사능 낙진을 폐부에 쏟아 기형스러운 인형을 창조하며 장난스럽게 웃고 있다. 천만의 인형은 머리에 목이 붙고, 팔에 다리가 붙고, 가슴에는 등이, 등에는 가슴이 붙어 괴기하고 흉물스러운 모습으로 변하면서 소멸해 가고, 마지막 남은 인형이 도망을 간다. 번쩍이는 빛도 사라지고 죽음의 버섯구름과 따라오는 열선을 피해 숨을 헐떡이며 깊은 우물 속으로 들어가 폐부에 깊숙이 박힌 핵진을 토해내며 우물물을 들이킨다. 마지막 사력을 다해 한 모금 더 마시지만 부드러운 종이로 채운 가슴이 타오르며 목구멍으로 흰 거품을 뿜어내더니 고무로 만든 피부가 녹아 끈적거리는 액체 위에서 주인 없는 음반이 돌아 처절한 애국가 소리가 들린다. 무심한 하늘은 인간의 장난을 보고 웃고 있다.

정신병동 精神病棟

철장에 갇힌 세상을 본다. 투영된 자신의 모습을 찍기 위해 셔터를 연속 누른다. 자유분방한 옷차림에 뻘건 염료로 뒤덮더니 히프 곡선을 위해 삐딱이 뒷굽을 올리고 힘껏 올린 가랑이에 붙여진 실 치마가 아슬아슬하다. 다른 한편 퍼런 염료로 포장한 머리칼에 새끼 꼬고 잘라버린 브라자 끈 대신 흐르는 듯한 비단 가슴을 조여 놓고 배꼽아래 흘러내릴 듯한 짧은 청치마는 연속한 셔터 속에 벗겨진다. 세상은 온통 각양의 환자복으로 가득 차있다. 또 다른 공간에서는 검정 염료가 칠해진 혓바닥에 혀끝마다 독을 뿜어내고 세상은 온통 거짓과 환영의 오염으로 뒤덮여 예리한 칼로 난도질하여 흥건히 젖은 핏빛을 바라보고 있다. 뱉어낸 독소에 의해 썩어가는 살더미는 이미 검회색 퀴퀴한 연기로 변해 인간의 폐부 깊숙이 들어온다. 난 숨을 곳이 없다. 나의 작은 공간에 독소로 덮인 인간 바이러스를 차단하기 위해 알코올로 뒤덮고 굵은 철장을 닫았다. 셔터소리가 들리지 않도록 방음을 하였다. 그것도 부족해서 희고 붉은 캡슐을 입에 털어 넣는다. 시계의 초침이 빠르게 왼쪽으로 돌고 있다. 잠이 온다. 그래도 세상은 자꾸만 셔터소리를 터트리고 있다.

나의 바코드

깔끄러운 거적에 둘러싸여 세상을 익혔던 그날 핏빛으로 물든 양동이에 나의 바코드가 생겨났다. 억수로 비 오는 날, 신문 조각 사이로 숨을 헐떡이며 우는 계집의 손아귀에서 떨어져 찢어진 입술에 비친 선홍빛으로 나의 바코드는 변해갔다. 이리 굴러 저리 굴러, 비렁뱅이 굴러 차인 세상에서 복수의 칼날이 깊어져 갔다. 생명을 준 놈, 받은 계집에 대한 회환으로서가 아니라 나와 다른 바코드에 대한 무의식적 반응으로 복수의 작두는 작열하는 태양 빛에 번쩍이며 모진 삶을 살아갔다. 봄이 왔고 여름이 가고 가을을 지나 겨울을 보내고 새 봄이 오길 수십 회 바코드는 새로운 생명을 갖기 위해 색깔이 다른 바코드를 취했다. 나의 바코드는 다른 색깔에 섞여갔다. 또 하나의 바코드가 생겨났다. 한없이 귀엽고 사랑스러운 바코드였다. 난 신음 속에 결단을 내려야 했다. 비록 닮은 바코드이긴 하나 세상에 비틀거리는 나이기를 바라고 싶지 않았다. 나의 복수의 칼날은 무의식에서 돌아 왔다. 진정한 나의 바코드를 위해 나의 숨은 이제 마감할 때를 알았다. 헉헉이며 마지막 신음 속에 나의 바코드의 모습이 보였다. "사랑"

오늘도

난

虛空을 잡는다.

지금까지 왔던 길이 그렇듯이

앞으로 가는 길 또한 허공일까?

문득 다가오는 그리움과 만남,

가슴 저리듯 애절한 이별과 통증,

그리고 초록에 물들었던 사랑이

푸른 하늘에 공허하게 내미는 손짓임을 알았을 때

육신의 변화는 이미 창조의 틀에서 벗어나고 있었다.

이러한 즈음에 선택의 길과 가지 않은 길에 대한

연속적인 삶의 갈등에서 이제 새로운 운명이 詩作이란 또 다른 선

택의 길로 찾게 되었다.

時始詩….

時作, 詩作, 始作

이러한 始作이 잘한 일인지, 고통스러운 일인지, 가치로운 일인지 아직 나는 모른다. 이러한 詩作이 나의 영혼과 이 사회의 어떠한 영향이 있을지도 나는 아직 모른다. 이러한 時作이 반백이 넘은 나에게 올바른 선택이었는지도 알 수 없다.

때때로 밀려오는 가슴 벅찬 밀어들을 지면에 옮기고 메일링하기를 5년, 1,000여 편의 메일링을 통해 독자들의 격려와 사랑을 받아왔다. 그 중 가장 애정으로 담겨진 언어들과 독자들의 사랑을 담은 시들을 모아 한 권의 시집으로 발간하게 되었다.

시의 창작이란 분명 가치 있는 일이나 초심을 그대로 유지한다는 것이 어디 쉬운 일일까?

그러기에 詩作 초심의 마음을 잊지 않고자 처음 등단할 때의 마음을 새겨본다.

오죽하면 水滴穿石이라고 했을까? 15인치 모니터에 생명을 불어 넣는다는 일념으로 群盲撫象하듯 아침 글을 보내기 5년, 지나온 세월만큼이나 글도 쌓여 一千회를 목전에 두고 있다. 세월이란 가슴 벅찬 환희일까? 오장을 애이듯 슬픈 밀어일까? 혼자 감당하기엔 너무 부족한 詩語들을 위해 가슴앓이를 했어야만 했던 지난날 들이 쬶壇의 둔덕에서 느끼는 기쁨이야 어찌 말로 形容할 수 있으랴. 그러나 日新又日新이란 初心의 마음을 새기며 진정한 내면의 세계를 위해 자신의 꿈惱를 아끼지 않으리라. (한울문학 신인문학상 소감에서)

日新又日新이란 사실상 허울이다. 쳇바퀴 돌듯 매일 같은 일상에 쫓기는 듯 한 삶이 어디 又日新을 지속적으로 할 수 있을까. 그러나 가끔이나마 떠오르는 형식적인 언어를 되새기며 글을 쓰는 두 번째 마음을 아래와 같이 삭혀본다.

삶이란 헝클어진 실타래였을까? 엉켜진 실타래를 풀기위한 肉身의 苦痛은 어디까지 가야만 하는가? 不惑을 넘어 삶의 旅程에 미련 남은 실타래를 풀기위해 詩作하기 5년이건만 知天命이 지나도 끝이 없다. 그동안 배운 것이란 詩的 內面의 始作은 有가 아니고 無였음을 이제야 깨달아가는 과정에서 作家라는 명칭은 어쩜 내겐 허울일지 모른다. 그러나 모든 사물의 兩面性이란 古今을 論하지 않아도 함께 竝行하듯이 詩作의 苦痛이 있는 만큼이나 그 喜悅 또한 말로 形容할 수 없음이다. 그러나 이제 깨닫기 시작한 無知의 과정을 위해 자신의 苦惱를 아끼지 않으리라. (아람문학 문학상 소감문에서)

어쩌면 작가라는 호칭으로 인해 사고의 경직을 가져온 것은 아닐까? 작가라는 호칭이 없더라도 인간 사회의 자연스러움 그대로를 표현을 할 수 있었음에도 불구하고 때때로 작가라는 호칭으로 인해 거추장스럽고 자유스럽지 못한 나의 모습을 반성하면서도, 나는 이러한 내면의 갈등을 초월한 세계 즉, 나에게 어울리지 않은 세계에 대한 도전과 미래의 가능성을 버릴 수 없었다.

歲月이란 肉身의 變化에서 느끼는 것일까? 누구나 갖고 있다던 詩心을 밝히고자 글을 쓰기 몇 해를 지나도록 詩心을 나타내기는커녕 흐려진 視

野의 焦點을 맞추느라 눈두덩이만 가늘어졌다. 어디까지가 詩的 內面이고 始作의 限界는 어디인가? 그야말로 內心 超脫의 세계는 어디인가? 그저 물음 투성이고 머릿속은 텅 빈 바가지처럼 虛한 상태일 뿐이다. 이러한 내게 作家라는 呼稱은 허울임을 알면서도 詩人의 길을 선택함은 지금의 부족함을 탓하기 보담 可能性 있는 未來를 택하기 위한 苦肉之策이었으리라. (월간 신춘문예 신인상 소감문에서)

작가 호칭이 강하게 다가올수록 머릿속은 텅 빈 바가지 속에 실타래처럼 엉켜만 간다. 그렇다면 작가란 머릿속에 쌓여진 의문의 실타래를 풀어가는 기술사인가? 갈수록 비어진 머릿속에 써늘한 기운만이 감돈다.

– 중략 –
살아온 날과
살날이 부딪치는 길목에서
한 가닥 희망이라면
외로움이 멈춘다는 게지.
〈아람문학 이 계절의 시인 당선작 : '살아온 날의 길목' 중에서〉

산다는 것은 부딪침일 것이다. 현실과 과거의 공존과 갈등은 마치 망망한 대해에 홀로 떠있는 빈 배처럼 남겨진 지독한 외로움과 그것을 극복하고자 하는 작은 소망 속에서의 연속일 것이다. 그 소망은 기억 속의 남은 흔적일 수도 있을 것이다.

수평선 멀리 바라보다

파도에 튕겨진

작은 빗방울이

가녀린 뺨에 흐르는데

– 중략 –

비 오는 날에

담겨올지 모를 님의 흔적

홀로 온 파도만 야속한데.

〈아람문학 이 계절의 시인 당선작 : '비 오는 날의 파도' 중에서〉

어딘가에 토해내어야 할 삶의 이야기를 수평선이란 막연한 언덕에 담아놓은 것은 아닐까? 그러나 그곳에서도 우린 막연한 흔적만을 기다릴 뿐 미처 다 쏟아내지 못한 세상사 이야기들을 가끔이나마 술잔에 담아본다.

돌아가는 잔속에

말없이 주인을 기다리는

술잔이 슬프다

– 중략 –

잔이 돌고

세상이 돌고

마지막 남은 빈 잔을 덮고

비틀거리는 취객을

보아야 하는 술잔이 슬프다.

〈아람문학 이 계절의 시인 당선작 : '슬픈 술잔' 중에서〉

세상이 돌아갈 때 잔이 돈다.
취객이 술잔을 비우는 것이 아니라 술잔이 취객을 비우는 것이다.
투명한 술잔에 담긴 삶은 가을 고목처럼 바람에 흔들려 비틀거리
다 자신이 만든 골에 쌓여간다.

– 중략 –
툭툭 불거진 마디마다
더 버틸 수 없는 겉껍질이
이제 쉼터로 돌아가는
어머니의 삶 같아
가슴 짜르르 숨이 메인다

나의 삶 또한
가을 고목과 다르랴만
아직 이파리 있어
스치는 바람에 견디는 거지.
〈아람문학 문학상 : '가을 고목' 중에서〉

삶의 겉껍질을 홀홀 벗어버리지 못하는 것은 바람에 흔들거리면서
도 이별을 고하지 못하는 이파리의 미련 때문일까?
그 모습 속에서 나는 아직 남겨진 인연의 저편에서 처절히 가슴앓
이를 해야 했던 기억의 끈을 부른다.

– 중략 –

창가에 떨어진

눈 시린 흰 꽃잎 위에

말없이 떨어지는 빗방울은

기억의 끈에 놓여진

가슴앓이이어라.

〈월간 신춘문예 작가상 : '기억의 끈' 중에서〉

기억의 끈으로 이어진 가슴앓이의 이유는 그리움이겠지. 그리움의 눈물이 이슬 되고, 이슬은 빗물 되어 어느덧 창가에 쓰여 진 이름에 흘러내린다. 이제 사라질 빗물에 흘러내리는 이름을 불러본다.

눈빛 머물다

돌아온 길에

창가에 남겨진 눈물 자국이

떨어지는 별빛처럼

남겨진 흔적이

저며 오는 아픈 가슴인데

– 중략 –

〈월간 신춘문예 작가상 : '창가에서' 중에서〉

누구나일까? 누구나 그렇게 한 번쯤 가슴시린 이별을 해야만 했을까? 그럴 수밖에 없었던 삶의 카테고리에서 그들이 되돌아보는 건

어쩌면 어느덧 추억의 흔적이 되어버린 당신, 그리고 당신의 뒤에
선 나의 모습이 아닐까?

– 중략 –

그러나, 당신은 앞으로 가야만 합니다

결코 뒤돌아보지 않는다 해도

당신이 가는 길 뒤에 내가 있음은

당신의 삶은 나의 의미이기 때문입니다

앞으로 향해 가는 당신이

언젠가 뒤를 돌아볼 때

당신보다 한걸음 뒤에 있는 나는

당신의 추억이 되어 있을 것입니다.

〈한울문학 문학상 당선작 : '당신의 한 걸음 뒤에' 중에서〉

살아간다는 것이 인연의 연속이고 부딪치는 마음들에 의한 통증이
가슴에 남게 된다.
그러나 잠시 자연을 돌아보면 통증도 잠시나마 사라지고 때때로
부푼 가슴이 차올라 환희와 희열에 찬 바람이 휘돌아 남기도 한다.

– 중략 –

갈 냄 젖은 아낙네

부푼 가슴 담아주고

휘돌아가는 갈바람

〈시화집 하늘빛 풍경 작품 : '갈바람' 중에서〉

휘돌아가는 갈바람은 어느덧 회상이란 조각에 의미를 부여하고 스스로 자신만의 의미에 빠져든다.

– 중략 –

먼 훗날 회상의 한 쪽마다

예쁜 색칠을 하려하지 말자

그냥 그때의 마음에 젖어

그날 오후라고 기억하자.

〈인터넷 메일 : '그날 오후' 중에서〉

색칠을 접은 그날 오후는 아직 햇살이 남아 긴 그림자를 그리고 있었다. 햇살이 감춰지면서 차츰 검녹색으로 사라지는 산허리는 하루를 넘겨야 할 긴 숨 자국 같다.

– 중략 –

공간을 넘어온

긴 그림자는

엷어진 미소를 감춘

목마른 숨 자욱

꺼져가는 촛불처럼

순간 사라질지 모를

숨 자욱 위에

긴 숨을 덮는다.
〈인터넷 메일 : '햇살 남은 오후' 중에서〉

온 세상이 고요해질 무렵 빗방울이 하나 둘 떨어진다. 나는 아직
남은 미련에 잠을 이룰 수 없다 해도 빗방울은 왜 잠을 이루지 못
하는 것일까.

밤을 잃은 빗방울이 나뭇잎에 머무르다 꺼져가는 불빛을 슬프게
바라본다

– 중략 –
한 뼘만 내밀어도
벗의 곁에 가련만
밤바람 또한
오늘 따라 잠잠하다.
〈인터넷 메일 : '밤을 잃은 빗방울'〉

밤바람을 몰고 올 벗님은 오늘 따라 잠잠하고 나는 어느 새 기다
림에 지쳐간다. 이내 마음을 아는가? 서억서억 울어대는 가을 억
새의 이야기가 애처롭다

– 중략 –
휘감아오는
가을바람에

님 향한 소리
뿌리 채 흔들대며
서억서억 울어대는
가녀린 가을억새
〈인터넷 메일 : '가을억새'〉

억새의 이야기는 밤새 이 사회의 작은 웅변으로 울려 퍼져나간다.

– 중략 –
희망이란 너울도
삶의 기억도
그럴싸한 입발림도
환영의 그림자로
모두 떠나라

실 같은
흔적만 남기고
〈대한민국 문예진흥 문학대상 수상작 : '실 같은 흔적만 남기고' 중에서〉

정말 그렇다. 희망이란 있는 자들의 그럴싸한 겉치장일지 모른다. 허공을 나는 파리처럼 관습으로 인해 결국 작은 파리채에 가두어진다.

– 중략 –

관습은 웃고
오기는 박수를 친다
힘없는 동네는 구부러지고
홀로서기를 그친다

파리는 허공을 난다.
〈인터넷 메일 : '파리는 허공을 난다' 중에서〉

파리 같은 삶, 인간의 실상은 무엇이며, 나의 정체성은 무엇인가?
스스로 자문해 보고 자답을 해보나 결국 인간사 모두 오해로 시작
하고 마무리 되는 것은 아닐까?

– 중략 –

서로 웃음을 멈춘다
기억에서 사라진 굴절된 독소는
거짓된 자신의 얼굴 표정을 멈추게 한다
자신의 실상(實像)이었음을 알았다.
〈대한민국 문예진흥 문학대상 수상작 : '오해' 중에서〉

어쩌면 우리는 실상과 허상의 중간 사이에서 일그러진 자신의 삶
을 저울질하고 있는 것이 아닐까? 젊은 피부는 오래지 않아 빛바
랜 고목처럼 마른 껍데기로 떨어져나가고 낮 동안 부르짖던 우렁
찬 소리도 밤이 되면 울어야 하는 여우의 애절함으로 가득하다.

– 중략 –

어둠은

태양에 일그러진 글자를

뇌리에 남기고

두터운 솜 안에 누인 육신을

검은 구멍과 함께 사라진다

오랜 잠을 청한다

여우가 우는 긴 밤은 회한으로 가득하다.
〈미완성 출품작 : '여우가 우는 긴 밤'〉

회한으로 가득한 여우의 울음은 들꽃으로 피어나 살아야 하는 이유를 묻는다. 오랜 기억 속에 남는 벌거숭이 산야에 엄마의 눈물이 들꽃에 머무른다.

– 중략 –

붉게 맺힌 한恨

가슴에 봉우리를 세워

들꽃이 되었으랴

살아야지, 들꽃은

부딪치는 물살을 타고

이야기를 남긴다, 살아야지.
〈'들꽃은 바람을 타고 1' 중에서〉

들꽃의 이야기는
기억의 바람이 되고
나뭇가지의 잎새가 되어
물처럼, 산처럼
구름처럼, 바람처럼
사랑과 희열을 담고
외로움과 적막함을 담아
우리의 세월 속에
또 다른 이야기로 흘러간다.

…

한 편의 시집이 나오기까지 돌돌돌을 사랑해 주었던 분들과
以心傳心으로 함께한 모든 님들께 감사드립니다.
doldoldol.pe.kr (e-좋은 세상을 만들어가는 사람들…)

운영자 淸遊 이구남